于坚，二十世纪七十年代开始写作至今。著有诗集、散文集、随笔集、摄影集等，凡四十余种。曾获鲁迅文学奖、朱自清散文奖、华语文学传媒大奖杰出作家奖等奖项。云南师范大学文学院教授。

于坚文集·诗歌卷1

面　具

于坚 / 著

 云南出版集团　　云南人民出版社

图书在版编目（CIP）数据

面具 / 于坚著. —— 昆明：云南人民出版社，
2018.4
　　（于坚文集. 诗歌卷；1）
　　ISBN 978-7-222-16849-7

Ⅰ.①面… Ⅱ.①于… Ⅲ.①诗集—中国—当代
Ⅳ.①I227

中国版本图书馆CIP数据核字(2017)第305662号

责任编辑：苏映华　姚实名
装帧设计：人合圖文
责任校对：陈春梅
责任印制：洪中丽

面具 MIANJU

于坚　著

出　版　云南出版集团　云南人民出版社
发　行　云南人民出版社
社　址　昆明市环城西路609号
邮　编　650034
网　址　www.ynpph.com.cn
E-mail　ynrms@sina.com
开　本　889mm×1194mm　1/32
印　张　4.75
字　数　80千
版　次　2018年4月第1版第1次印刷
印　刷　云南新华印刷二厂
书　号　ISBN 978-7-222-16849-7
定　价　48.00元

如需购买图书、反馈意见，请与我社联系
总编室：0871-64109126　发行部：0871-64108507　审校部：0871-64164626　印制部：0871-64191534

云南人民出版社微信公众号

目录

只有大海苍茫如幕

春天中我们在渤海上

说着诗　往事和其中的含意

云向北去　船往南开

有一条出现于落日的左侧

谁指了一下

转身去看时

只有大海满面黄昏

苍茫如幕

2007 年

夜　歌

风或是姑娘们

在黑夜里唱歌

看不出谁是谁啦

圆圆的　潮湿

丰满　修长

树林也跟着晃荡

看不出是桃树还是李树啦

它们唱的是另一支歌

刷刷　沙沙　嚓嚓　呵呵

海浪涌到了大地上

2008 年

芳　邻

房子还是这么矮

樱花树已长得高高

向着晴朗朗的蓝天

亮出一身活泼泼的花

就像那些清白人家

在闺房里养出了会刺绣的好媳妇

这是邻居家的树啊

听春风敲锣打鼓

正把花枝送向我的窗户

2009 年 9 月 5 日星期六

苹果的法则

一只苹果　出生于云南南方

在太阳　泉水　和少女们的手中间长大

根据永恒的法则被种植　培育

它永恒地长成球体　充满汁液

在红色的光辉中熟睡

神的第一个水果

神的最后一个水果

当它被摘下装进箩筐

少女们再次陷入怀孕的期待与绝望中

她们和土地都无法预测

下一回下一个秋天

坠落在箩筐中的果实

是否仍然来自神赐

1990 年

暴雨之前

在暴雨之前穿过小哨镇附近的荒野

脚步仓促　像两行来不及写通顺的字迹

我急着在被淋湿之前找到避雨之所

山岗安定　土地健康　草绿着　矢车菊转

向暮色

仿佛在等我离开　好享受那天赐的豪宴

2010 年 8 月

我走这条 也抵达了落日和森林

是的　正像弗洛斯特所见

前面有两条路　一条是泥土的

覆盖着落叶　另一条是柏油路面

黑黝黝　发出工业的哑光

据说这就意味着缺乏诗意

我走这条　也抵达了落日和森林

2011 年 3 月

我一向不知道乌鸦在天空干些什么

我一向不知道乌鸦在天空干些什么　书上说它
在飞翔

现在它还在飞翔吗　当天空下雨　黑夜降临

让它在云南西部的高山　引领着一群豹子走向
洞穴吧

让这黑暗的鸟儿　像豹子一样目光炯炯　从岩石
间穿过

我一向不知道乌鸦在天空干些什么

但今天我在我的书上说　乌鸦在言语

在深夜　云南遥远的一角

在深夜　云南遥远的一角

黑暗中的国家公路　忽然被汽车的光

照亮　一只野兔或者松鼠

在雪地上仓皇而过　像是逃犯

越过了柏林墙　或者

停下来　张开红嘴巴　诡秘地一笑

长耳朵　像是刚刚长出来

内心灵光一闪　以为有些意思

可以借此说出　但总是无话

直到另一回　另一只兔子

在公路边　幽灵般地一晃

从此便没有下文

1999 年 10 月 29 日

有一回　我漫步林中……

有一回　我漫步在林中

阴暗的树林　空无一人

突然　从高处落下几束阳光

几片金黄的树叶　掉在林中空地

停住不动　我感觉有一头美丽的小鹿

马上就会跑来　舔这些叶子

没有鹿　只有几片阳光　掉在林中空地

我忽然明白　那正是我此刻的心境

仿佛只要我一伸手

就能永远将它捕获

1987 年 9 月

怒　江

大怒江在帝国的月光边遁去

披着豹皮　黑暗之步避开了道路

它在高原上张望之后

选择了边地　外省　小国和毒蝇

它从那些大河的旁边擦身而过

隔着高山　它听见它们在那儿被称为父亲

它远离那些隐喻　远离它们的深厚与辽阔

这条陌生的河流　在我们的诗歌之外

在水中　干着把石块打磨成沙粒的活计

在遥远的西部高原

它进入了土层或者树根

1990 年 8 月

某 夜

我高坐山岗

俯视着巨大的夜晚

世界现在取下了面具

露出黑黝黝的头颅

我捧住这颗伟大的果子

想弄开它的硬壳

看看里面是些什么

像一只远古的猴子

望着永恒的星空

无法画出那个字母

巨大的夜晚

我高坐山岗

回忆英雄的童年时代

许多坚硬的核桃

被我轻松地掰开

1988 年 4 月 8 日

在漫长的旅途中

在漫长的旅途中
我常常看见灯光
在山岗或荒野出现
有时它们一闪而过
有时老跟着我们
像一双含情脉脉的眼睛
穿过树林跳过水塘
蓦然间　又出现在山岗那边
这些黄的小星
使黑夜的大地
显得温暖而亲切
我真想叫车子停下
朝着它们奔去
我相信任何一盏灯光
都会改变我的命运
此后我的人生

就是另外一种风景

但我只是望着这些灯光

望着它们在黑暗的大地上

一闪而过　一闪而过

沉默不语　我们的汽车飞驰

黑洞洞的车厢中

有人在我身旁熟睡

1986 年 10 月

河　流

在我故乡的高山中有许多河流

它们在很深的峡谷中流过

它们很少看见天空

在那些河面上没有高扬的巨帆

也没有船歌引来大群的江鸥

要翻过千山万岭

你才听得见那河的声音

要乘着大树扎成的木筏

你才敢在那波涛上航行

有些地带永远没有人会知道

那里的自由只属于鹰

河水在雨季是粗暴的

高原的大风把巨石推下山谷

泥巴把河流染红

真像是大山流出来的血液

只有在宁静中

人才看见高原鼓起的血管

住在河两岸的人

也许永远都不会见面

但你走到我故乡的任何一个地方

都会听见人们谈论这些河

就像谈到他们的神

1983 年

最高的毁灭

高原上的石头大小不同

大的像一座座黑色的碉堡

小的可以打弹弓

一个人　即使是一个独眼巨人

即使用它们来建造集中营

后来消灭了三百万人

也只能一个石头一个石头地搬弄

我曾经把一个石头投下山去

最初还看见它蹦蹦跳跳

后来它就躺在山坡上再也不动

那叫作风暴或地震的一来可就不同

它把满山的石头都刮起来

像抠起嵌在黑夜身上的星球

它们像凝固的雷子一样

轰隆隆滚下山谷

河流在一万年后被截成两段

改变了路线　大地开裂

清朝功业赫赫的五百年

宴席一歪　风流人物

杯盘狼藉立刻咕辘辘滚下去

在十分钟里全部埋掉

那可怕的声音传过来

不只是风暴　不只是地幔错位

那是上帝的蹄子在踩　在踩

只能束手待毙　接受那毁灭

最高的毁灭　无人负责的毁灭

永不欠谁的毁灭

1983 年

我知道一种爱情……

我知道一种爱情

我出生的那个秋天就在这爱情中诞生

它也生下我的故乡和祖先

生下亚当和夏娃

生下那棵杨草果树和我未来的妻子

也生下空气 水 癌症

孤独感和快乐的眼泪

我不知道这爱情是什么

它不只存在于一个人的眼睛里

或者一处美丽的风景中

有些人时时感到它的存在

有些人一生也未曾感到过它

我曾经在某年的一天下午

远处传来的模糊的声音中

在一条山风吹响的阳光之河上

在一个雨夜的玻璃后面

在一本往昔的照片簿里

在一股从秋天的土地飘来的气味中

我曾经在一次越过横断山脉的旅途上

强烈地感受到这种爱情

每回都只是短暂的一瞬

它却使我一生都在燃烧

1985 年

作品 57 号

我和那些雄伟的山峰一起生活过许多年头

那些山峰之外是鹰的领空

它们使我和鹰更加接近

有一回我爬上岩石垒垒的山顶

发现故乡只是一缕细细的炊烟

无数高山在奥蓝的天底下汹涌

面对千山万谷　我一声大叫

想听自己的回音　但它被风吹灭

风吹过我　吹过千千万万山岗

太阳失色　鹰翻落　山不动

我颤抖着贴紧发青的岩石

就像一根被风刮弯的白草

后来黑夜降临

群峰像一群伟大的教父

使我沉默　沿着一条月光

我走下高山

我知道一条河流最深的所在

我知道一座高山最险峻的地方

我知道沉默的力量

那些山峰造就了我

那些青铜器般的山峰

使我永远对高处怀着一种

初恋的激情

使我永远喜欢默默地攀登

喜欢大气磅礴的风景

在没有山岗的地方

我也俯视着世界

1984 年

高　山

高山把影子投向世界

最高大的男子也显得矮小

在高山中人必需诚实

人觉得他是在英雄们面前走过

他不讲话　他怕失去力量

诚实　就像一块乌黑的岩石

一只鹰　一棵尖叶子的幼树

这样你才能在高山中生存

在山顶上走

风暴　洪水和闪电

都是高山中不朽的力量

他们摧毁高山

高山也摧毁他们

他们创造高山

高山也创造他们

在高山上人是孤独的

只有平地上才挤满炊烟

在高山中要有水兵的耐性

波浪不会平静　港口不会出现

一摇一晃之间

你已登上峰顶

或者堕入深渊

一辈子也望不见地平线

要看得远　就得向高处攀登

但在山峰你看见的仍旧是山峰

无数更高的山峰

你沉默了　只好又往前去

目的地不明

在云南有许多普通的男女

一生中到过许多雄伟的山峰

最后又埋在那些石头中

1984 年

避雨之树

寄身在一棵树下　躲避一场暴雨

它用一条手臂为我挡住水　为另外的人

从另一条路来的生人　挡住雨水

它像房顶一样自然地敞开　让人们进来

我们互不相识的　一齐紧贴着它的腹部

蚂蚁那样吸附着它苍青的皮肤　它的气味使我

们安静

像草原上的小袋鼠那样　在皮囊中东张西望

注视着天色　担心着闪电　雷和洪水

在这棵树下我们逃避死亡　它稳若高山

那时候我听见雷子确进它的脑门　多么凶狠

那是黑人拳击手最后致命的一击

但我不惊慌　我知道它不会倒下　这是来自母

亲怀中的经验

不会　它从不躲避大雷雨或斧子这类令我们恐

惧的事物

它是树 是我们在一月份叫作春天的那种东西
是我们在十一月叫作柴禾或乌鸦之巢的那种
东西
它是水一类的东西 地上的水从不躲避天上
的水
在夏季我们叫它伞 而在城里我们叫它风景
它是那种使我们永远感激信赖而无以报答的
事物
我们甚至无法像报答母亲那样报答它 我们将
比它先老
我们听到它在风中落叶的声音就热泪盈眶
我们不知道为什么爱它 这感情与生俱来
它不躲避斧子 也说不上它是在面对或等待
这类遭遇
它不是一种哲学或宗教 当它的肉被切开
白色的浆液立即干掉 一千片美丽的叶子
像一千个少女的眼睛卷起 永远不再睁开
这死亡惨不忍睹 这死亡触目惊心
它并不关心天气 不关心斧子 雷雨或者鸟儿
这类的事物
它牢牢地抓住大地 抓住它的那一小片地盘

一天天渗入深处　它进入那最深的思想中

它琢磨那抓在它手心的东西　那些地层下面

　黑暗的部分

那些从树根上升到它生命中的东西

那是什么　使它显示出风的形状　让鸟儿们

一万次飞走一万次回来

那是什么　使它在春天令人激动　使它在秋

天令人忧伤

那是什么　使它在死去之后　成为斧柄或者

火焰

它不关心或者拒绝我们这些避雨的人

它不关心这首诗是否出自一个避雨者的灵感

它牢牢地抓住那片黑夜　那深藏于地层下

面的

那使得它的手掌永远无法捏拢的

我紧贴着它的腹部　作为它的一只鸟　等待

着雨停时飞走

风暴大片大片地落下　雨越来越瘦

透过它最粗的手臂我看见它的另外那些手臂

它像千手观音一样　有那么多手臂

我看见蛇　鼹鼠　蚂蚁和鸟蛋这些面目各

异的族类

都在一棵树上　在一只袋鼠的腹中

在它的第二十一条手臂上我发现一串蝴蝶

它们像葡萄那样垂下　绣在绿叶之旁

在更高处　在靠近天空的部分

我看见两只鹰站在那里　披着黑袍　安静而谦虚

在所有树叶下面　小虫子一排排地卧着

像战争年代　人们在防空洞中　等待警报解除

那时候全世界都逃向这棵树

它站在一万年后的那个地点　稳若高山

雨停时我们弃它而去　人们纷纷上路　鸟儿
回到天空

那时太阳从天上垂下　把所有的阳光奉献
给它

它并不躲避　这棵亚热带丛林中的榕树

像一只美丽的孔雀　周身闪着宝石似的水光

1988 年

苍山之光一秒钟前在群峰之上退去

苍山之光一秒钟前在群峰之上退去

同时撤退的　还有拖在大地身上的影子

像是叛乱的马群　尾巴一闪　低着头被赶

进了马厩

落日铸造的巨钟　被送进了山峰托起的

高炉

日光伪造的金币铺　一间间倒闭

先是西敏头发上的　然后是

烙在我额头上的　然后是

布施在一群牛身上的　混杂在

一堆干草中的　之后是

一些挂在桉树的坚果上的

后来　山脚的一些柴垛和后面的乡村出

现了

再后是山包上的电线杆子　再后是森林

半山腰的中和寺　溪水　最后是苍山

第九峰的积雪　第十二峰的积雪

世的界　一一亮相　复原

"白云回望合　青蔼入看无"

大理国柔软下来　换成了灰调子

在日落之前　它们全是光辉的

同一种羽毛的鸟　发着统一的光　看不

出彼此

蓦然间　铁幕崩溃　世界分裂　独立

清晰　渐次隐去　石头回到石头之上

树回到树之中　雪回到雪

在一切之上　天空森蓝　向更深者　转

过身去

"山光忽西落　池月渐东上"

风从哀牢山的豁口吹来　周围发冷

鬼魂们来到世界的身后　梳理着冰凉的

头发

寒气逼着我们　从樱花树下移开

趔到了　柿子树下　穿上了外衣

洱海的耳朵垂下去　听着它底下

黑暗之水中　鱼和波浪渐渐响亮的对话

有最后的船只从挖色乡出发　船长姓段

据说洱海的波涛下面有南诏王的寝陵

从前他在苍山下走过　骑着大象　背着黄金

穿过大理石的花纹　帝国茶花盛开　美女

如云

在大理州

世界由落日统治　另一只钟

也栖息在落日底下　在基督教会的钟楼上

被24个数字锁定　它在一个世纪前被传教士们

在十字架上吊起来　已经生锈　像一块陈年

的腊肉

它只能征服几百个教徒的耳朵　在同一时刻

当时针指着罗马　一只鹰从清碧溪起飞

另一只在马龙峰落下　同一时刻

世界死去活来　变幻无常　谁能测度

一只秃鹫越过苍茫　落在岩石上的时刻

模仿着圆　但钟从未能取代落日

牧师是南诏的后代　他总是在日落时分

在更伟大的时刻中迷失　忘记了敲钟

紫气西来　黄昏已昏　点苍山隐身

黑暗的形容词一群群从洱海中爬上来

蹲在暮色脚下　等着夜之王将它们起用

有人在山谷掌灯　来自高黎贡山的

长途汽车　刚刚歇在北门　下班

二十年前我来到大理　被苍山收服

在双廊乡的一个岛上　用洱海洗心

南诏谁人不识君　吕二荣　刘克　朱洪东

李桂根　朵美乡的小文　等等　都是诗人

我们在下关街头喝酒　登高　在斜阳峰上

采梅子　骑山峰　诗人们销声匿迹

只有苍山依旧　十九峰

月明梅花冷　雪高山头白

寒流使大理城中的　泥炭炉

一盆盆红得发紫　膝盖暖和　手烫

有白发一丝　从苍山落下

像是从时间黑暗的额头　飘下的雪

从前　杜甫有过相同的感受　他说

白发搔更短　浑欲不胜簪

2000 年 1 月 6 日星期四

云南点名

　　向不朽的质量致敬　苏轼说　能者创世
智者述焉　明月登堂　照亮云南　摊开了
大地的点名簿

永恒的政治　不是指鹿为马的游戏
一行连着一行　西北　东南　北回归线附近
梅里雪山之巅　横断山脉两侧　白要贡
献雪

咸要贡献盐巴　南方要贡献森林　西部要
贡献高山　东方要贡献小麦　北方要贡献
冬天

腾冲那块要贡献翡翠　马龙地面要贡献土豆
纸产于昆明　铜来自东川　黑暗要贡献
乌鸦

万物呵　是否还在履职？　柏树要长高
响尾蛇

不要唱歌　石头不要说话　熊要冬眠　芒

果

要跟着黄金　麋鹿要走向晚年　澜沧江　在
红河　在　大理州　在　建水城　在　南诏王
在　大理石　在　藕　在　喜鹊　在　梅花
在呢　燃灯寺　在　华宁窑　烧着呢　井……
填掉了　水倒在呢　高黎贡　在　麻栗坡　在
卡瓦格博　在　滇池……把那些推土机挪开
挨那些管子拔掉　我在呢!　抚仙湖　在呢
玉溪　喏　普洱茶　在　床　稳着呢　宜良米

在呢　大象　喏　丘北辣椒　在呢　木匠　在呢

瓦　在呢　泸沽湖　到　西双版纳　在呢在呢

楚雄　在　藏族的……阿布思南　鲁若迪基　有
哥布　哎　傈僳族的阿达叶　嗯　刘昆生　嗯
宝珠梨　嗯　火把节　在　核桃　原在　石榴

原在　玛多　在呢　刚刚产下一个　男的　怒江
诺　喜洲　在　马过河　在　翡翠　原在　摩梭
在　老鹰　耳背的黑颈鹤听错了　也跟着答应

老黑山　在　鲁甸　在呢　狼　诺　黑颈鹤
在　豹子　在　蛇　在　茭白　韭黄　桃红
湖绿　天青　枫红　玉兰　在！　点苍山……
歌舞团的首席男高音站起来　张嘴就唱　闷的！
（云南话—别叫）莫乱　让它自己说　在呢！
群峰在黑暗里沉默着　缅茨姆峰的冰川亮了一下
光指着东竹林寺的金顶　算是回答　信仰的
种地呢　做工呢　盖房子呢　煮饭呢　收费的
写诗的　诺—诺—诺—诺—诺—　某某　某某
某某某　某某　报告狱长　到！　初中生于果
睡在她妈妈的臂弯里　梦见一朵茶花叫它　哎
开了　高的高着　矮的矮着　飞的飞着　厚的
厚着　薄的　薄着　流的　流着　睡的　睡着
醒的　醒着　玩的　玩着　做的　做着　在呢
都在呢　都在呢　月光退位　除夕夜　气象局的
天气预报又错了　寒流自北向南　云南到齐了
万籁俱寂　高原白茫茫　放心　又是好年成
外祖母在青山中说

2016 年

下午 一位在阴影中走过的同事

这天下午　我在旧房间里读一封俄勒冈
的来信
当我站在唯一的窗子前倒水时看见了他
这个黑发男子　我的同事　一份期刊的
编辑
正从两幢白水泥和马牙石砌成的墙之间
经过
他一生中的一个时辰　在下午三点和四
点之间
阴影从晴朗的天空投下
把白色建筑剪成奇怪的两半
在它的一半里是报纸和文件柜　而另一
半是寓所
这个男子当时就在那灰暗狭长的口子里
他在那儿移动了大约三步或者四步

他有些迟疑不决　皮鞋跟还拨响了什么
我注意到这个秃顶者毫无理由的踌躇
阳光　安静　充满和平的时间
这个穿着红衬衫的矮个子男人
匆匆走过两幢建筑物之间的阴影
手中的信，差点儿掉到地上
这次事件把他的一生向我移近了大约五秒
他不知道　我也从未提及

1994 年

伊拉克

当西风吹过美索不达米亚破旧的平原

黑夜在星空下剃着死者的头发

有些村庄无人入梦　虚掩门扉

长老在等着　女人和孩子在等着

如果士兵们归来　他们会把发光的步枪搁在河滩

撸起袖子　捧起月光就喝　以为那就是家乡之水

他们忘记了幼发拉底河的支流总是捉摸不定

有时会忽然失踪　就像盲歌手荷马　只剩下眼眶

依据晚间新闻和中国古诗我虚构了这一幕

应该与现实差得不会太远

2010 年 5 月 4 日

"杏仁眼的阴影"

——看克劳德·朗兹曼的纪录片《浩劫》有感

1942 年夏天

瓦格纳在黑森林中沉睡

蜻蜓在莱茵河畔交配

一条铁路穿过荒凉去东部

雅利安先生彬彬有礼

一边瞟着擦得雪亮的长筒皮鞋

一边用歌德的母语谈犹太人

追求最高的抽象　冻结象征功能

只启动数学物理几何化学方面的单词：

货物　方程式　载重量　字母 W 或 BE

一氧化碳　密封　热处理　时刻表

高 24 英寸　宽 18 英寸　长 2000M

精确如游标卡尺　妙语连珠如史上那些

致命的诗　超以象外　省略肉体

准备 #　准备 Ø　准备 ÷　准备 X　准备 ％

"准备 6000000 个 0"　完毕　保罗·策兰诞生

他的舌苔与史上出现过的不同

长满了铁丝网　那么尖锐　那么花哨

那么血肉模糊　难以确认所指

又一个词被脱光衣裳送进沐浴室

他说　"杏仁眼的阴影"

2011 年 9 月 1 日星期四

一枚穿过天空的钉子

一直为帽子所遮蔽　直到有一天

帽子腐烂　落下　它才从墙壁上突出

那个多年之前　把它敲进墙壁的动作

似乎刚刚停止　微小而静止的金属

露在墙壁上的秃顶正穿过阳光

进入它从未具备的锋利

在那里　它不只穿过阳光

也穿过房间和它的天空

它从实在的　深的一面

用秃顶　向空的　浅的一面　刺进

这种进入和天空多么吻和

和简单的心多么吻和

一枚穿过天空的钉子

一位刚刚登基的君王

锋利　辽阔　光芒四射

1996 年

铁路附近的一堆油桶

铁路附近的一堆油桶

堆积在铁道线旁　组成了一个表面

深褐色的大轮廓　与天空和地面清楚地区分

"周围"与"附近"　都成了背景

红色油漆的字母　似乎是无产者的手迹

A B X 和 M　像是些形而上的蜘蛛

代表着表面之后　内部的什么

看不见任何内部　火车途经此地

只是十多秒　目击一个表面的时间

在此之前　我的眼睛正像火车一样盲目

沿着固定的路线　向着已知的车站

后面的那一节　是闷罐子车厢

一群前往汉口的猪　与我同行

在京汉铁路干线的附近

我的视觉被某种表面挽救……

仿佛是历史上的某日　文森特·凡高

抵达　阿尔附近的农场
我意识到那不过是一堆汽油桶
是在后来

1991 年

处决萨达姆

电视报告着新闻

我们在用晚餐

看啊　那人

回头瞥见粗索子

正把一男子头套住

他穿着西装　这种杀猪式场面

可是很难在客厅里碰到

大家都停下来　等着

肯定不是老婆婆　手艺

哪个部造出这么野蛮的绳子

足以套住神

被绞者是伊拉克的狮子萨达姆

邻居都认识他

住进电视机好几年了

一直呆在那个可以遥控的小房间里

有时候他女儿来看他

越来越不刮胡子

有时在法庭挥动拳头

镜头中断　好像荧光屏后面的

刽子手起了恻隐之心

行刑不因为暴君就不残忍

全世界都听到了断裂声

伐木者拉倒大树的那种声音

无人从幕后走出来证实

我们都放下了筷子　等着

世上确实有一棵大树被折断了

不过那是风暴砍的

只有北方某处的林子知道

那边在下雪

画面转成了化妆品广告

他们把这些放给所有人看

我们继续吃剩下的食物

一边对小孩说　做作业去

别老对着电视　害眼睛的

2007 年 1 月 1 日

这黑暗是绝对的实体……

这黑暗是绝对的

实体　不是箱子里的箱子

不是锁上加锁　不是铁链子

不是即将倒塌的煤窟

不是隐喻　不是面具后面

死尸体的脸　搬掉即可

上帝没创造移动它的那种力量

许多聪明人终于觉悟　投明弃暗

道不行　乘桴而亡

有些伟大的萤火虫对它心存侥幸

举着灯在伸手不见五指的虚空中扑腾

使夜空看起来没有那么死硬

那么不可救药　那么令人绝望

2008 年

事件：铺路

从铺好的马路上走过来　工人们推着工具车
大锤拖在地上走　铲子和丁字镐晃动在头上
所有的道路都已铺好　进入了城市
这里是最后一截坏路　像好地毯上的一条
裂缝

威胁着脚　使散步和晨练这些动作感到
担心

一切都要铺平　包括路以及它所派生的
跌打

药酒　赤脚板　烂泥坑和陷塌这些旧词
都将被闪着柏油光芒的"平坦"和"整
齐"所替代

这是好事情　按照图纸　工人们开始动手
挥动工具　精确测量　像铺设一条康庄
大道那么

认真　道路高低凸凹　地质的状况很不一样

有些地段是玄武岩在防守　有些区域是水在
闹事

有一处盘根错节　一棵老树三百年才撑起某个
家族

推土机是个好东西　可以把一切都挖掉　弄平
高变低　凹填平　有些地方刚好处在图纸想象
的尺度

也要挖上几下　弄松　这种平毕竟和设计的平
不同

就这样　全面　彻底　确保质量的施工
死掉了三十万只蚂蚁　七十一只老鼠　一条蛇
搬掉各种硬度的石头　填掉口径不一的土洞
把石子　沙　水泥和柏油一一填上　然后
压路机像印刷一张报纸那样压过去　完工了
这就是道路　黑色的　像玻璃一样光滑
熟练的工程　从设计到施工　只干了六天
这是城市最后一次震耳欲聋的事件　此后
它成为传说　和那些大锤　丁字镐一道生锈
道路在第七天开始通行　心情愉快的城
平坦　安静　卫生　不再担心脚的落处

1990 年 12 月

面　具

1.

大家好　全体看镜头　系好纽扣　整整头发
微笑　你们要集体微笑　像天真的犹太人
那样

露出牙齿笑　排好队就往快门深处走　快走
快走　穿过一片片透镜　快走　你们这些
纸人

暗房里有一只显影罐　温水750毫升　米吐尔
2克　无水亚硫酸钠100克　几奴尼5克
硼砂2克　加冷水至1000毫升　摄氏20
度时

上海牌胶卷10—16分钟　保定胶卷8—
12分钟

依尔福胶卷6—8分钟　最后定影
5—10分钟　统一切成长方形　一张张

还给你们脸

2.

抬面具的人们已经散去　跟着大路上的灰

只留下一张相片　餐具般光滑

曾经盛满海鲜　通宵达旦　痛饮狂歌

洗印店在加利西亚以北　靠近地中海

旅游手册介绍　种土豆的人很多

盛产白色的阳光和幽灵午夜

黑暗的原野上底片已经丢失

五英寸的硬纸　搁在哪儿

哪儿就被遮起一片

3.

这是一个午后

秋天在我楼下

街边停着三辆汽车

都是丰田牌　闪着微光
像是刚刚抬走了死者
邮递员跨上单车离开时
歪了一下前轮　我没有按下快门
那时猫取下脸　朝着垂死的阳光

4.

上帝已经割断了脐带
谁可帮我们取下面具

5.

戴着死者的面具
我们来到世界上
取下这张惟妙惟肖的纸
我们就死

6.

在自己面部挥霍颜料 脂粉
涂掉 修改 铲平 勾勒新草图
校牙 用推土机 将圆鼻头填成鹰钩
在嘴巴里浇灌水泥 安装防盗门和插销
头发染成黄色 脑袋削尖
在耳朵上接通一部歌剧
我们创造了上帝

7.

在黑暗里悄悄地脱掉短裤
打开灯 戴着面具上床

8.

请为我画上眼睛
请为我画出骨头

请卸去我双腿间的盔甲

请清除我藏在胸腔里的恐惧

请注销我的档案

请将我的秘密画成大海

请为我画上蔚蓝色额头和波浪牙齿

请为我画上三千丈白发和长舌头

请让我素面朝天　一望无际

9.

逝去的千年的李白啊

亡者洛尔迦啊

你们的面具一定留在大地上了

2008 年 12 月 27 日星期六

2011 年 1 月改

整个春天

整个春天我都等待着他们来叫我

我想他们会来叫我

整个春天我惴惴不安

谛听着屋外的动静

我听见风走动的声音

我听见花蕾打开的声音

一有异样的响动

我就跳起来打开房门

站在门口久久张望

我想他们会来叫我

母亲觉察我心绪不宁

温柔地望着我

我无法告诉她一些什么

只好接过她递给我的药片

我想他们会来叫我

这是春天　这是晴朗的日子

鸟群衔着天空在窗外涌动

我想他们会来叫我

直到风已经从树上离去

直到花儿已经被人摘走

直到有人敲响了我的房门

我才明白

我早已被他们出卖

1986 年 9 月于太原

作品 16 号

雪来了　门躲着

一切都很温暖

有一些事要静静地想想

一些过去和将来的事情

现在也没有一封回信

邮递员是个绿色的男人

他送报纸送彩色画报

我给过他许多邮票许多信封

现在也没一封回信

这是一个结婚的年头

许多人收到过红纸的请柬

也许我应该结婚了

像朋友们一样

去旅行　在春天的北方

一首五十行的诗里

我歌唱过那里的白杨

有些甜蜜　有些辛酸　有些茫然

从前我在工厂的时候

喜欢和小雷一起看电影

记不得是哪一幕　他悄悄地哭过

隔壁的女人回家了

她轻轻地钻进被窝

像一只温柔的母猫（我猜）

雪一样轻的叹息

雪一样厚的墙壁

她的丈夫是个炮兵

今年夏天在二楼　我见过他们

雪睡了　夜有一个白色的枕头

寒风吹亮了月光

十二月默默地站在街上

有些甜蜜　有些辛酸　有些茫然

1983 年

青瓷花瓶

烧掉那些热东西

火焰是为了冷却不朽事物

冰凉之色为瓷而生

一点青痕仿佛记忆尚存

感觉它是经历过沧桑的女子

敲一下　传来后庭之音

定型于最完美的风韵　不会再老了

天青色的脖颈宛如处子在凝视花之生命

内部是老妇人的黑房间

庭园深深几许

怎样的乱红令她在某个夏日砰然坠地却没

有粉碎

已经空了些年

那么多夏季之后

我再也想不出还可以把什么花献给它

有一次我突然把它捧起来

察看底部

期望着那里出现古怪的文字

却流出一些水来

2005 年

阳光破坏了我对一群树叶的观看

阳光破坏了我对一群树叶的观看

单纯的树　树生长于树之中

但阳光在制造一棵树的区别

同一整体的叶子　被它分裂成阴暗的区域

明亮的区域　半明半暗的区域

像一头君临水池的狮子　整一的金黄色卷毛

并未涂抹出整一的图像

是阳光而不是狮子　在四月蓝色的天空中

行使太阳在晴朗时刻的权力

一棵具体的桉树消失了　现在

"一棵树不止是一棵树"

那从大地升起到天空中的金字塔形木料

至少有三种象征　暗示光明或者黑暗

告密者和叛徒　在二者之间　摇摆

大　象

高于大地　领导亚细亚之灰

披着袍　苍茫的国王站在西双版纳和老挝

边缘

丛林的后盾　造物主为它造像

赐予悲剧之面　钻石藏在忧郁的眼帘下

牙齿装饰着半轮新月　皱褶里藏着古代的

贝叶文

巨蹼沉重如铅印　察看着祖先的领土

铁证般的长鼻子在左右之间磨蹭

迈过丛林时曾经唤醒潜伏在河流深处的群狮

它是失败的神啊　朝着时间的黄昏

永恒的雾在开裂　吨位解体　后退着

垂下大耳朵　尾巴上的根寻找着道路

在黑暗里一步步缩小　直到成为恒河沙数

2011 年 9 月 3 日星期六

我梦想着看到一只老虎

我梦想着看到一头老虎

一头真正的老虎

从一只麋鹿的位置　看它

让我远离文化中心　远离图书馆

越过恒河　进入古代的大地

直到第一个关于老虎的神话之前

我的梦想是回到梦想之前

与一头老虎遭遇

对一只乌鸦的命名

从看不见的某处

乌鸦用脚趾踢开秋天的云块

潜入我的眼睛上垂着风和光的天空

乌鸦的符号　黑夜修女熬制的硫酸

嗞嗞地洞穿鸟群的床垫

堕落在我内心的树枝

像少年时期在故乡的树顶征服乌鸦

我的手再也不能触摸秋天的风景

它爬上另一棵树　要把另一只乌鸦

从它的黑暗中掏出

乌鸦　在往昔是一种鸟肉　一堆毛和肠子

现在　是叙述的愿望　说的冲动

也许　是厄运当头的自我安慰

是对一片不祥阴影的逃脱

这种活计是看不见的　比童年

用最大胆的手　伸进长满尖喙的黑穴　更难
当一只乌鸦　栖留在内心的旷野
我要说的　不是它的象征　它的隐喻或神话
我要说的　只是一只乌鸦　正像当年
我从未在一个鸦巢中抓出过一只鸽子
从童年到今天　我的双手已长满语言的老茧
但作为诗人　我还没有说出过　一只乌鸦

深谋远虑的年纪　精通各种灵感　词格和
　韵脚
像写作之初　把笔整支地浸入墨水瓶
我想　对付这只乌鸦　词素　一开始就得
　黑透
皮　骨头和肉　血的走向以及
披露在天空的飞行　都要黑透
乌鸦　就是从黑透的开始　飞向黑透的结局
黑透　就是从诞生就进入永恒的孤独和偏见
进入无所不在的迫害和追捕
它不是鸟　它是乌鸦

充满恶意的世界　每一秒钟
都有一万个借口　以光明或美的名义

朝这个代表黑暗势力的活靶　开枪

它不会逃到乌鸦以外

飞得高些　僭越鹰的座位

或者矮些　混迹于蚂蚁的海拔

天空的打洞者　它是它的黑洞穴　它的黑

钻头

它只在它的高度　乌鸦的高度

驾驶着它的方位　它的时间　它的乘客

在它的外面　世界只是臆造

只是一只乌鸦无边无际的灵感

你们　辽阔的天空和大地　辽阔之外的

辽阔

你们　于坚以及一代一代的读者

都是一只乌鸦巢中的食物

我断定这只乌鸦　只消几十个单词　就能

说出

形容的结果　它被说成一只黑箱

可是我不知道谁拿着箱子的钥匙

我不知道谁在构思一只乌鸦藏在黑暗中的密码

在第二次形容中它作为一位裹着绑腿的牧师
出现

这位圣子正在天堂的大墙下面　寻找入口

可我明白乌鸦的居所　比牧师　更挨近上帝

或许某一天它在教堂的尖顶上

已窥见过那位那撒勒人的玉体

当我形容乌鸦是永恒黑夜饲养的天鹅

一群具体的鸟　闪着天鹅之光

正焕然飞过我身旁那片明亮的沼泽

这个事实立即让我丧失了对这个比喻的全部
信心

我把"落下"这个动词安在它的翅膀之上

它却以一架飞机的风度"扶摇九天"

我对它说出"沉默"　它却伫立于"无言"

我看见这只无法无天的巫鸟

在我头上的天空牵引着一大群动词　乌鸦的
动词

我说不出他们　我的舌头被这些铆钉卡住

我看着它们在天空急速上升　跳跃

下沉到阳光中　又聚拢在云之上
自由自在　变化组合着乌鸦的各种图案

那日我像个空心的稻草人　站在空地
所有心思　都浸淫在一只乌鸦之中
我清楚地感觉到乌鸦　感觉到它黑暗的肉
黑暗的心　可我逃不出这个没有阳光的城堡
当它在飞翔　就是我在飞翔
我又如何能抵达乌鸦之外　把它捉住
那日　当我仰望苍天　所有的乌鸦都已
黑透
餐尸的族　我早就该视而不见　在故乡的
天空
我曾一度捉住它们　那时我多么天真
一嗅着那股死亡的臭味　我就惊惶地把手
松开
对于天空　我早就该只瞩目于云雀　白鸽
我生来就了解并热爱这些美丽的天使
可是当那一日　我看见一只鸟
一只丑陋的，有乌鸦那种颜色的鸟

被天空灰色的绳子吊着

受难的双腿　像木偶那么绷直

斜搭在空气的坡上

围绕着某一中心　旋转着

巨大而虚无的圆圈

当那日　我听见一串串不祥的叫喊

挂在看不见的某处

我就想　说点什么

以向世界表明　我并不害怕

那些看不见的声音

1990 年 2 月

事件·暴风雨的故事

天气预报　"今天有暴风雨"

就来了　乘着一座疾飞的岛

乌云的披头士　在云端

露出了革命家的胡子脸

恐怖主义的闪电　打碎黄昏的金门牙

大自然的暴政　天地昏暗　城市在摇晃

收起阳台上的被单　窗子纷纷关上

行人忽然打开长腿　飞下街道　跑回家去

室内　筷子发愣　水果萎缩　汤结冰

盘子忽暗忽明　糖醋鱼双目暴突　晚餐精

神分裂

桌布的态度暧昧不清　酒杯摇摆不定

有什么在黑暗之前的缝隙中　混进了家庭

鼠类争论不休　蟑螂修复了声带　屋顶被

煮涨

雨声越来越响　像是一群疯子撕碎了造纸厂

千千万万种子从天上落下来　万物开始生长

丈夫和他的妻子　在不安中坚持着默契
隔着假牙说话　就像他们　演技讲究的婚姻
家具的外围开始妥协　一批批与黑暗达成着
共识
仿佛一只怀孕的墨水瓶　浑圆的身体在缓缓
扩大
一本日记预感到将有事情发生　突然打开了
一些词溢出来　但立即捂住了口

暴动者在肇事　暴风推搡着城市
揪住它瓷砖缝制的领口
闪电的党羽撕破火车站的脸颊
搜查了它干燥的鼻孔
大树一棵棵折断　扑通倒下
像是在混乱中被斩首的乱党

在客厅和书房里　在厨房　在卫生间
一个家庭闭上了眼睛　坐在书桌前的家长断
掉电视机
闭上了眼睛　患失眠症的妻子放下筷子上
的米
攥起手心　老女儿停止小便
即将放映恐怖片的电影院　关闭了出口
这场暴风雨　来自西边的天空
雨水　雷和风　内容与革命完全不同
但会使经历过的人　记起那些　倒胃口的词

又是一声爆雷穿堂而过　一家人置换了心事
像是　即将被押赴刑场的同志　换上了干净
的白衬衣
像是 1966 年的某一天　暴力像雨一样
密集
横扫地毯　刹那间　庸俗的小市民家庭
关于裙子式样的争论　关于鸭子的吃法　关
于番茄
的味道　都成为证据　罪行　把柄
在花朵　唇膏　中耳炎和书籍之间
盛开着暴风雨

窗帘首先被检举　它们四散奔逃

从一个角到另一个角　成为暴徒的鞭子

但花瓶却显出一种娼妓的表情　随遇而安

向暴行敞开着私处　穿衣镜忽然间

拔出藏匿多年的菜刀　劈下了台灯的面罩

风的前蹄在瓶子和洗脸盆之间碰撞而过

在卧室的最深处　被衣柜坚决地挡回来

但双人床附近的秘密　已经被揭发　私房话暴

　　露无遗

能够反光的都闪成一片　玻璃粉碎　黑暗君临

暴雨轰鸣　就像成千上万的脚步　呼啸着跑过

广场

就像二十年前那次红卫兵的抄家　深入内脏

寓所乱成一团　照片上暴卒的亲属　尖叫着

世俗的星期六　正在为一只气锅鸡的诞生　喜悦

被夏天的一场雷阵雨　毁掉了　硬起来的心

离开了休假　返回街垒　严阵以待

这不是革命的"暴风雨"　一切只和气象有关

"降雨量 80 毫米　西北风 5 级"

但他们无法正确对待　他们情绪抵触

他们的感官已经被那个时代的知识

改造成　某些词汇的容器

可怜的人们　再也无法　把象征 还原成

雨的一种　去体验

在外面　闪电以革命的力度

扫过大地　光芒如铁　齐整　暴戾

像一个阶级镇压另一个阶级

但它们不能推翻任何事物

世界潮湿　然后干掉

成为水果的成为水果

成为河流的成为河流

黑暗中　街面闪起晴朗的光芒

被这场雨滞留在屋檐下的人们

抖去眉头上的水珠　开始走动

1999 年 7 月 16 日昆明

事件·翘起的地板

一场事故意味着一首诗……

它来了　在多雨的秋天　穿着雨衣

出现在　书房　我并未察觉　它正散发着

从寒冷雨水带来的　湿气　书籍的

集体宿舍　这么多的书　这么多的诗集

哪里　还容得下一首新诗的　铺位

我只是吃了一惊　为雨水穿透水泥　从

某处打入房屋的内部　感到懊恼　施工队

早已穿过我的工钱　销声匿迹　地板一块块

翘起　一项　掩盖多年的劣质工程　被揭露

一箱《世界文明史》　被浸渍　成了废纸

墙壁上看不出丝毫痕迹　突然　在墙脚跟

出现了洪水　我发现这个地下组织　已经秘

密地

活动多年　等待着一个又一个雨季　从一个

秋天

到另一个秋天　那领头的矿工　一定已经

白发如丝　哎　我这人　满脑袋不合时宜

的念头

多年写作　一直以为是在　与铁对抗

坚信着水滴铁穿的　一滴　穷人　无权无势

的小市民　分期付款　装修完工　家天下

已定

与世无争　我自己的地盘　我私人的作坊

居然

成了另一滴　水　在黑暗中　日益精湛的

一技之长

钻空子　一心一意　要攻克的　监狱

围墙

小凿子　灭掉它　只需用指头　一揩

但它后面　连接着一个不讲是非的　水库

凿穿一切　岩石　钟　花朵　图纸　坝

无孔不入　像是死牢里的蚯蚓　只是要

拱出去

向刚刚完工的世界宣布　事情还没有完

还有缝

它才管不着　地道的出口　是警察局的地毯

还是一个诗人的　壳　一滴水　改变了
早已削足适履的生活　令我　在秋雨绵绵的
清晨
写作中断　发着愁　是把剩余的地板
全盘撬掉　恢复水泥地　还是重新铺上木条
我犹豫不决　或许我得接受　这书房致命的
漏洞
在大地之上　但沾不得　一点点水　（就像
接受一首　在破地板上翘起来的　干掉的诗　）

或许我得容忍　在整一平板的地面上　露着
几块
凹下去的　坑　让走路的习惯　与先前
略微不同　它时常会冷不丁地绊我一腿
让我再也不能　四平八稳　偶尔要踉跄一下
像个不倒翁　有些狼狈

1999 年 11 月 23 日星期二

卡塔出它的石头

我来到卡塔出它的一处山谷

澳洲著名的旅游地　石头城堡

独立于国家　无数卵石　散布在各处

赭红色的土著　像是谁下的蛋

有很小的鸟躲在里面　总有一天会孵出来

想象着那是一种什么鸟　一面玩弄着其中的

一个　直到峡谷里有落日的脚走过来

我得决定　是不是带走　多么可爱

当它滚到一旁　突然又看出另一面就像

附近的红种居民　被太阳烤热的头像

放在书架上岂不是最好　这个石头距离我家

有六千多公里　全中国唯一的一个　我肯定

就悄悄地绕过风景区的警示牌　把它藏在背囊里
竟然难以入睡了　仿佛我带回来的是一团野火
它的身体不适应这旅馆的洗发液气味
半夜从坚壳里走出来　抱着一团热在跳舞
翻来滚去　我在琢磨　怎样将它带过海关

只是一个石头　可是为什么要带走　为什么
不是其它　宝石　羊毛面霜　邮票　而是
石头　我说不清楚　由于它像澳洲的土人
因为它可以孵出翅膀　这是否会
使海关的某个麦当劳胖子　一时间
成为喜欢释义的侦探　固执地寻找
其中的动机　把我和世界那不高明的部分
例如　一个过时的奴隶贩子　相联系

我真喜欢这个石头　原始的造物　那么动人
这世界到处都是人造　我早已　麻木　不仁
但又恐惧着　这小小的盗窃是否会得罪
某个岩石之王　在卡塔出它的石头堆中
我一直感觉到他的威权　他不是风景区的管理者
他不收门票　沉默　隐身　但君临一切

有时　一个卷发的土著人闪着黑眼睛

朝我诡秘地一笑　就在丛林里面蹲下去了

另一次

我猛然看见一条疤痕斑驳的蜥蜴　从树根上

爬下来

像老迈的国王走过他的地毯　我吓出了一身

冷汗

在澳洲　像鸵鸟那样　我怀着某个石头睡了

一夜

它令我疑神疑鬼　天亮时　战战兢兢

我把它放回到旅馆外面的　荒原之上　那是

另一处荒原　把大地上的一个小东西

向西南方向　移动了 18 公里　就这样

我偷偷摸摸地涂改了世界　的秩序

但愿我的恶作剧　不会带来灾难

       2002 年 3 月

故 乡

从未离开　我已不认识故乡

穿过这新生之城　就像流亡者归来

就像幽灵回到祠堂　我依旧知道

何处是李家水井　何处是张家花园

何处是外祖母的藤椅　何处是她的碧玉耳环

何处是低垂在黑暗里的窗帘　我依旧知道

何处是母亲的菜市场　何处是城隍庙的飞檐

我依旧听见风铃在响　看见蝙蝠穿着灰衣衫

落日在老桉树的湖上晃动着金鱼群　我依旧
记得那条

月光大匠铺设的回家路　哦　它最辉煌的日
子是八月十五

就像后天的盲者　我总是不由自主在虚无中
摸索故乡的骨节　像是在扮演从前那些美丽
的死者

2009 年 8 月 28 日星期五

左贡镇

我曾造访此地　　骄阳烁烁的下午

街面空无一人　　走廊下有睫毛般的阴影

长得像祖母的妇人垂着双目　　在藤椅中

像一种完美的沼泽　　其实我从未见过祖母

她埋葬在父亲的出生地　　那日落后依然亮

着的地方

另一位居民坐在糖果铺深处　　谁家的表姐

一只多汁的凤梨刚刚削好　　但是我得走了

命运规定只能呆几分钟　　小解　　将鞋带重

新系紧

可没想到我还能回来　　这个梦清晰得就像

一次分娩

尘埃散去　　我甚至记起那串插在旧门板锁

孔上的黄铜钥匙

记得我的右脚是如何在跑向车子的途中被
崴了一下
仿佛我曾在那小镇上被再次生下　从另一
个母腹

2012 年 9 月 3 日星期一

他是诗人

他是诗人　有些愣　人家谈论生计　婚嫁
仕途

海鲜降价　房贷利息上升　他望着别处
出神

似乎天赋与众不同而被判罚轻度中风
那边

啥也没有啊　云又散了　风在搬运新灰尘
公交车

吐出一串黑烟　老电梯在公寓里上下折腾
左邻右舍关着防盗门

他从众　忍受与生俱来的制度

偶尔收缩肺叶　无碍大好形势　天将晚
黄昏永垂不朽

又卷起一堆玩扑克的小人　当大家纷纷起
身结账

这个吝啬鬼把一点什么记录　在案　像沙漠上的
教堂执事　折起一张羊皮纸　藏在胸口　拍拍
放正　压实　酷似刚刚出院的神经病

千年诗国　第一回将骚人墨客看偏　市场沸沸
滔滔
石牌坊前流氓上台　走马灯下骗子拍案　绕开
灯红
酒绿　穷途末路　在陋巷　跟在百姓后面继续　美

继续仁　继续义　继续礼　继续智　继续忠
继续孝
继续善　继续　温良恭谦让　迷信头上三尺有
神明　遣词造句　在微光中立命安身　够了
足以
看清字眼　最后一排　他时常小寐　靠着母亲

水泥缝里菊花又开　父亲在叫　天气潮湿　儿子
回家

时代日异月新　他却说什么　写作就是为世界守成

因此囊中羞涩　一个可以欺负的家伙　有人在背后说

守仓库的在押犯　迷恋过期事物　一钱不值
是的

多次拆迁的城　他总能找到虚无的故居　当春天

在高架桥下跌倒　他扶起来　摸出语词编结的花冠

他点头　他讪笑　他跟着喝点假酒　不是要继承
斗酒诗百　大雅久不作　大隐隐于市　谁都得
或此

或彼　装着对正襟危坐的走肉行尸　满怀兴趣
少点

烦　喝白开水　写醉醺醺的诗　豪气不让汉唐
只要

准写　怎么都行　他可不想与老天爷对着干

道成肉身　其貌不扬　小区没有礼拜堂　古老
而无用的传统

精神事务　一向是文人负责　没有账目　无需成本　自负

盈亏　一字千金　要到天堂才能支取　哦　诗人那就是

一坨石头在洪水中　无缘无故地挡着　骑单车　步行发呆

向后看　此身合是诗人未　细雨骑驴入剑门在现实中永远

扮演自己的小号　有点儿鹤立鸡群　有点儿不识时务　有点儿

不务正业　有点儿不可靠　有点儿自以为是有点儿自高自大

有点儿自作主张　有点儿不亢不卑　有点儿自得其乐　有点儿

原始　有点儿消极　有点儿反动　有点儿言过其实　但

无足挂齿　只是令会计室心存芥蒂　嗯　如果此辈绝种

失重的国　会转得快些　故国明月下　对影成三人　孤独多么

高贵　黄鹤一去不复返　仙人　残山剩水　你保管着辽阔的心

哦　李白　别以为他不会痛饮狂歌　跋扈飞扬
此朝非唐

诗人叨陪末座　依然要写　一笔一画　无愧太史
司马迁

写得慢些　慢些　再慢些　尔拆何其速　汝书多
么慢

诗言志　赋比兴　力要使够　账要记清　大义微
言　比

宋朝还慢　比明朝还慢　就回到了长安　一樽酒
细论

文章　老杜呢开会去也　小轿车熙熙攘攘　先知
自觉靠朝一边　让它们先走　趁机弯下腰　拉起
塌掉的鞋跟

2007 年 8 月 4 日草

2010 年 11 月 28 日改于深圳

彼何人斯

彼何人斯　永居镜中　模仿着我　惟妙惟肖
是否也叫于坚　是否知道我藏在镜子后面的
秘密
知道我　刚刚从幕后出来 阳奉阴违的一日
亵渎神灵　现在顾影自怜　　要把嘴皮子上
的沫
擦掉　龇牙咧嘴　从大理石深处探出我的复眼
看你的紫唇　看你的黄牙床　看你的长舌头
是否
与我的飞短流长一致　　鹦鹉学舌的家伙
喉室深处藏着一具骷髅　说吧　别总等着我
先开口
彼何人斯　铁青着下巴　从不下雨刮风　松
开领带
脖颈裂开处　黑斑又现　有一点炎症　那颗痣
依旧暗示着　幸福不会兑现　彼何人斯

没有心事的面具　模仿我的另一面　一亲近

就要碰上你的秃鼻头　一直试图像你一样

冰凉平滑　在一个框中威严登基　秦二世

永远统治每一张脸和后面的穴　虚幻比现实

更近

再凑近些　再近些　我就能看见你的反骨　得

寸进尺

即刻碎成刀片　杀人的玻璃花瓣　哪一片写着

我的五官

你总是圆满　满足于姿色平平　引无数英雄腰

竞折

明镜高悬　世界把你的肖像挂在入口处

也藏在幽暗的洗手间　施粉　补妆　勾黛

涂口红　登台　红尘里　谁能须臾离开

无生命的丑角　你在额头后面想些什么

我一唱歌你就应和　我卑鄙你尾随而至

我下流你顺水推舟　我胁肩谄笑　为大王

涂白自己的左腮　你递上一面小圆镜

照出我藏在眉宇间的弥天大谎　雾　雪光和火焰

唯与你　我敢一丝不挂　袒露私处　素面朝天

"纷吾既有此内美兮　又重之以修能

扈江离与辟芷兮　纫秋兰以为佩

汩余若将不及兮　知来者之可追"

鬼脸看鬼脸兮　对照只二人

醒时同交欢兮醉后各分散

永结无情游兮相期邈云汉　舞伴　我的真身

能否在第四小节　迈出祖传的柚木镜框

深井　何时喷出黑暗的原油　我的钻头已经疲惫

在这边我很孤单　女为悦己者容　只盼着

能搂一回你的腰肢　在冬天　下雪的后半夜

当时代在追捕叛徒　向内心避难的途中　有个伴

"尔还而入　我心易也"　貌合神离　各持己见

绳子一圈圈解开　忧郁的木桶在下旋　总是

停止在冰的第一层　跟着时间朽成青丝

"彼何人斯　为鬼为蜮　则不可得"　掌声响起

看不见自己的真面目　每次回家　我都害怕

灯火阑珊处　蓦然回首　你已不在镜中

2010 年 3 月 9 日星期二

马雄山

当我攀登马雄山　不是为着脚踏更实在的
土地　平原塌陷时

它挺身稳住我　像托塔李天王　制止了无可
避免的崩溃

像一个见习的二流造物主　我腾云驾雾　凭
空虚构现实

模仿史前的龙卷风　强词夺理　摧残大地
表面　拆除植被

将古松连根拔起　摧毁土著朝拜千年的神龛
挖出岩石心脏

驱逐鸟类和昆虫　我词汇丰富　我妙语连珠
我天马行空

想入非非　只剩下基座　4A 纸上的马雄山
是一座光秃秃的祭坛

持续着一场看不见的自我崇拜　像死去的
法老

在幽暗的广漠上　以金字塔傲慢星星

即使为植被的迷雾所覆盖　即使漫山遍野开

着杜鹃花

即使栲树根上缠绕着苔藓　落叶有熊掌那

么厚

即使珠江在岩石下汹涌　起源　而未来

这瑞兽将创造三角洲　把黄金献给大海

那隐秘的楔形吸引着我向上部逃去　迷恋

升华

为着实现一个超越万物的象征　排着队

跟着那些正在我头上一群群雀跃的中学生

未来的工程师长着玻璃眼球　胸怀一家伟

大的拆迁公司

在虚空中比划着圆规　铅笔和橡皮擦头

精切计算着数据　梯级　效益　考虑着如何

安排 1+1

就像玛雅人　憧憬着终端上的神灵

永恒的死者在文明之前就已下葬

死亡的三角丘隐身在繁荣底下

密封的记忆无法道破　想象乃唯一途径

那考场般的严阵以待　那无形的荒凉

占地 12.5 平方公里　海拔 2444

到达制高点时我们体会到虚无

像乌鸦终生对自己的黑暗无知

我们在山顶挥舞旗帜

和一把把抓不住天空的手

2010 年 12 月 5 日星期日

生　态
——读索尔仁尼琴传记有感

"通过受苦我所获颇丰"　歌德说

经验证明　此待遇也福泽子孙　逃犯

索尔仁尼琴　56 岁　发胖　正在劈柴

矢车菊旁　暗藏了一个冬天的斧头亮了

闪身

避开蜂王　它正停在群众头顶　就像斯大

林同志的

直升飞机在视察　此刻　持不同政见者有

机会一了

夙愿　颠覆帝国　解放在押的无产阶级工蜂

为生态平衡计　他偏了一毫米　为此　大

难不死

的昆虫　在日后　会献给农场主一罐蜜

此种

鬼斧神工　从前在古拉格岛　日复一日被

练习到

完美　黑暗的春天　政委们别起左轮手枪　跳华尔

兹舞　为喀秋莎写反革命情书　满纸玫瑰　夜莺

普希金　苏维埃牢房　俄罗斯墨水　文章　憎命达

寒窗与世隔绝　死囚的刑期伸手不见五指　比乌鸦的

黑暗更长　鸟宿池边树　僧敲月下门　他溜下高低床

跟着西伯利亚老鼠爬进格子　咬文嚼字　布局谋篇

草稿藏在睾丸深处　轻与重　实与虚　深入浅出

苟且偷生　交代坦白　白头搔更短　浑欲不胜簪　当行刑的公鸡在黎明歌唱　打字机一台台夭折在莫斯科

书房　他杀青百万俄语　写得可不少　脊背上全是

皮鞭印　患着痔疮　秃顶　慢性腰肌劳损　失眠　风湿

胃溃疡　红丝丝的眼球　黑漆漆的肺　心

肌梗阻

三回　如此地深厚　崇高　神圣　苦难

如此地

广博　悲悯　大气　温存　如此地妙语连珠

笔下

生花　如此地病入膏肓　一息尚存　离上

帝仅剩

几步　获释后他再未抵达

2010 年 8 月在新英格兰写

12 月改于昆明

2011 年 7 月再改

梦中树

一棵银杏树在我梦中生长

我为它保管水井　保管雨　保管蓝天

保管树枝和那些穿黑衫的老乌鸦

保管着午后拖在河畔的阴影

我是秘密的保管员　虚无的仓库

事物的起源储存在我的梦中

如果一所文庙要重新奠基

我能在黎明前献出土地

我在白日梦里为大地保管着一棵真正的树

就像平原上的乡亲　在地窖里藏起游击队长

为它继续四季　哦　那万物梦寐以求的故乡

原始的时间　不必妥协的国度　它是它自己的君王

它是它自己的光　它是它自己的至高无上

自由舒展　光明正大　地老天荒

那些念珠般的白果　　那些回归黄金的树叶

当秋日来临　　光辉之殿照亮条条大道

世界的伐木者永不知道

还有最后一棵树　　树中之树

在水泥浇灌的不毛之邦

后皇嘉树　　橘徕服兮

我是它幽暗的福祉

2012 年 6 月 18 日星期一

喜 树

再次经过栖息于山坡下的庭园

发现它已被冠名喜树　挂上了小木牌

像是革命时期的犯人　就要送去枪决

开个玩笑　植物学系的工作　目的是

多识鸟兽虫鱼之名　蓝果树科　喜光

我国特有　分布于长江以南　树干端直

枝条伸展　怀抱着自己的阴影　满足于

孤独

在黎明　在傍晚　在雨后黄昏　在深夜里

在那灰扑扑的青年时代　我默认它

就像默认着一位先知　它的接纳从不吝啬

哦　某日　我们在下面站着　雨停时青春

结束

那是一个无情的秋天　枯叶没有随风而下

并非长得与众不同　只是恰巧避开了同行

和异物的遮挡　赢得阳光　也要被集体

放逐

绿色烽炉　从不熄灭　当烧焦的黑暗无以言说

我就指出它　看哪　这棵树　看哪　这树

那么多眼球在晃动光芒　这活过来的绿骷髅

那么多泪水挂在风暴之后　刚刚知道

它叫喜树　看不出与周边的乔木

有何不同　都是叶子　都是树干　都是

疤痕累累　被时间伤害过度的皮肤

都被某种力量牵引着向上去

仿佛那黄金天空　隐藏着一座大教堂

我不知道这一次喜悦与上一次有何不同

每次路过我都被击中　忘记　又再次欢喜

2009 年 12 月 4 日星期五

小　道

某人开创了小道　隐藏在广告牌后
踩塌铁丝网　在马尾松和剑麻之间
像是德国某地的边界　将归来与逃亡混淆
深夜　他小便　然后拔腿就走　直奔幽深
中的灯

许多邻居认同这串胶鞋印　　喜欢它的神秘
以及
随心所欲　也许始于谋杀或盗窃
却也方便偷懒的居民　重温童年养成的毛病
钻空子　翻墙　爬栅栏　走后门　君子行
不由

王道　省得遇到尴尬　站住　被没有徽
章的

业余巡逻队　截获　无事生非 出示身份证
报告收入

交代婚姻现状　回答　难于启齿的　为什么
被某患者

对甲　对A　对NO：1的仰慕　攀谈 被迫与
某心脏

的阴影以及它的饮食秘诀　交头接耳　被
一辆新汽车　丫忽然刹住　散发着狐臭 嗨!
当街夸奖后坐上的卷毛狗

风刚刚迷路　撞翻了　一罐松脂　鸟语高不
可悟

草深　某花孤芳自赏　不见出处　神不知鬼
不觉

溜回蜗居　电视正报告新闻　多好　信不信
由你

关掉　让那位名正言顺的　大王
去黑箱里自个儿呆着

云南多事 每当雨水　自然界就要暴动　越狱
回混沌　只一星期　地面上的摆设　面目全非

像是载重过度的卡车　熄火于
繁荣　大地乱作一团　最高处堆积着花坛献给
蜜蜂　下面生殖过度　乱伦者肢体纠缠
那家伙疯狂　借闪电的通天锯　放倒了老柏
要找回那条土脐带可不容易

像是地主在箱子里翻找旧地契　得耐着性子
学先人低下头　披荆斩棘　迈坎　扒开盘根
错节
理顺乱世　像个秦始皇　我乐于此道　抬脚
踢向新编的刺阵　嘶地一下　勾破了裤腿
鬼精灵
又往鞋腔里倒泥巴水　看你还有多大能耐
这都是
我喜欢的　再次于禁区　得道　回家
要赶在新世界之前

过两天　又一场暴雨　洪流穿堂而过　又是
乱麻一团　胡搅蛮缠　捷径了无痕迹　有
物混成

先天地生　返景入深林 复照青苔上　茫然失措

迷途知返　且顺了阳关大道吧　改邪归正

礼尚往来　阳奉阴违　点头哈腰　胁着左肩

攀谈

谄笑　天有不测风云　此物业岿然不动　水泥

一粒没少　独立于天文地理　早已善终

昨日立秋　大千水落石出

早晨经过旧址　发现歧路又在松树下　摇摆着

红土尾巴　枝枝蔓蔓删繁就简　被某位失业的

园丁

修剪过　它刚刚藏起了鬼斧头　就像传说中的

陷阱　空着

有几片枫叶随时间光顾　止足端详一阵　疑窦

丛生

没敢轻举妄动　宁可循规蹈矩　再次被攀谈

如果有唠叨婆逮住不放　烦不得　我就说这个

2009 年 10 月 3 日星期六

2009 年 11 月 2 日星期一改定

后　面

后面　我听见您的肺叶像广场一样张开
诡计多端的老跟班　监视我这么多年
也够辛苦的　您是不是长着长耳朵
喜欢黑皮包和铁灰色领带　您是否重听
是否哮喘严重　我经常听见您把气管贴在
门上
您听见了什么　那个夏天我一直在洗脚
您看见了什么　我从不在卧室兴风作浪
只是喜欢在黎明时披着曙光做爱　您是否
人到中年　微微发福　患着湿疹　下身溃
烂　写作
乃神出鬼没之事　我也许会在凌晨三点
跟着流星
一跃而起　供出一首诗的地址　夜夜枕戈
待旦

您是否患着治不好的失眠症　您是不是擅长在拐角处

幽灵般地一闪　别走　待我转身　看看您的模样

是一只穿制服的猫还是一个剃光头的鬼　是空气

还是实物　是一个衣架还是一副毛茸茸的爪子

令我如此害怕　如此紧张　如此草木皆兵　如此

梦魂牵绕　如此谈虎色变　学生时代　我就知道您

在后面背着手　盯着我答考卷　盯着我传小纸条

盯着我冲瞌睡　有一次　我朝正在黑板上抄正楷的老师

啐了一口　忽然间冷气袭上后心　已被告发　我知道

您永远在后面开会　您的黑房间里堆着沙发和痰盂缸

您慢条斯理抽着免费烟卷　　斜睨着我在键盘上穿梭

手指　　像个坐以待毙的纺织娘　　旁敲侧击指桑

骂槐　　射影含沙　　在字里行间窝藏黑话　　用牛奶隐匿

笔迹　　留下小意思　　您看见我的白纸黑字　　也看见我

来不及交待的心思　　东窗事　　千钧一发　　时日无多

我无法再缄默　　无法再容忍　　无法再作哑装聋

我就要翻脸　　我就要破口大骂　　我就要和盘托出

我　　就要写下最后一章　　签上真名　　去你的吧
您的大胸　　您的肥臀　　您的航空母舰　　您的塑料袋

老子白天模仿老鼠　　唯唯诺诺　　夜里学习大象
光明磊落　　我是上帝的卧底　　我是将来派入今天的

间谍　　我知道一切都是徒劳　　含辛茹苦充其量

我只是一个言此意彼　阳奉阴违　口是心非的
小人　我的一生已被秘密表决　我的美梦
黄粱早就备案定性　我总是自作多情　穿好
裤子
整理了头发　用那个代表死神的订书机　订牢
最后一稿　您还在后面吗　还在调焦距吗
我的忠仆　我的影子　我的书记员　您总是
闷声不响　偷偷摸摸　鬼鬼祟祟　在后面上
着班
要是您哪天下岗了　请通知一声　呵呵　别
不打招呼就溜　别让我　蓦然回首　后面
总是某个背着旅行包要问路的陌生人　总是
那排停尸房似的书架　总是　阴郁的天空
总是　空无一人的街道　总是在风中微拂的
窗帘　总是嵌在卫生间里的脏镜子　总是
我自己的旧面孔　挂在黑暗里
像一具遗落在旷野上的骨骸

2009 年写

2011 年 6 月 30 日星期四改

在某地遇大雪

即使听到过警告　也不想预防天气

外祖母教导过　一场雪是一只老天鹅之死

逆来顺受　随遇而安　南人北上　越过新

街口

去邮电局　它没有单位　温度骤降　也会从

一只信封　九点一刻　一颗冰弹打进我的

后领

除了老天和凶手　谁敢　千年前有只猿

也是这样　缩了一下脖子根　下雪啦

我想把喜讯或噩耗告诉别人　哦　直辖市

正忙着开总结会　超市在进货　梅树低头

护住它的蓓蕾　谁也不认识　自以为是

冬天的第一位秘密受洗者　没带围巾

只穿过了一条街　就来到腊月　或者退回了

去年的圣诞节　不就是下雪吗　大地上

还有比这更严重的事　瞧　雪花飘飘的后面

戴口罩的人们　站在公共汽车里　动弹不得
结晶还是那种原始做工　颗粒的饱满　脆
以及滑倒一个冒失鬼的速度和橇　都一样白
闪着腰的人都是天真部落的　他们回来了
要去打雪仗　这不是一场袭击　不是一回欺负
穷人的拆迁　有只疯天鹅藏在天空内脏里
大把大把地揪下自己的羽毛　将局外人　那些
只有死亡才能令他们加入的旁观者　赶进一个
开诚布公的深处　让历史上从未表演成功的
虚无　跳削面舞给大家看　像模像样　清晰得
耀眼　有鼻子有尾巴　还众所周知地："忽如
一夜春风来　千树万树梨花开"　虚无　有着
一串串冻疮　就像一群不懂事的小姑娘玩面粉
动用了冬宫之粮　白军复辟　以丧失了是非的
洁癖　铲平阶级　抹掉革命者的案板　将那些
切削首级的斧头改为一张张传单　拆掉战场
后宫　拆掉鱼　飞鸟　烟子和雾　拆掉锅炉工
煤矿　拆掉帝国的圆柱　拆掉黑板和棉花糖
舞　谁持白练当空　原教旨的恐怖主义
就算厚积薄发　也总得有个来历吧　天空
灰蒙蒙　没有仓库和打谷场　降温却很实在

110

火焰 泥炭 北极的熊和我都撤到雪地上
纹身被除去 世界再次抖个不停 寸步
难行 树矮下来 河水停止奔流为我们让路
所向无敌的推土机也卷口了 驾驶员在一旁
堆雪人儿 终于找回了他的独生女 下过吗
某位在暴雪中开着暖气睡了三天的诗人问
怎么说呢 证据十足都藏在自己身上 呼吸
急促 嘴唇发紫 十个指节拎着一只红肿的
冰箱 脚趾头失踪在莽原 谁拆了我的雪
太阳孤零零地抬着一口刮得亮堂堂的黄铜锅
看见的是鹅毛 写出来是冷水 等我取来砚台
和井 洪水无踪无影 我是我自己的漏斗
没有什么碎屑能证实 我曾经踏雪 "诗思
在灞桥风雪中 驴背上" 没什么可以证明
我曾经被涂满洗衣粉或漂白液 我只是被
我自己耗损 不足为他人道

2013 年 1 月 3 日

后 土

大热天　火葬场排着队

热闹　不亚于街面上的马龙车水

周围摆花圈　后面挂遗像

无论那是刽子手　暴君　李二狗

或者邻居家的窈窕淑女

堂而皇之　个个躺在台上

浓妆艳抹全描过了头　这一套要到位

只有本人亲自动笔　自然啦

大多数是逆来顺受的好人

全尸　盖着棉布　一辈子没抱怨过一句

这就令恶贯满盈者更显眼　醒目　凸出

他们也到任啦　传说都是钢铁炼成

没想到也要打入另册　就像五笔输入法敲

出的

仿宋体签名　都是一脸死灰　横竖撇捺点

俱全

毫无愧色　悼词　或长或短　一律文过饰非

骷髅们一个字也听不见　送葬的心里有数

要在现实里找出个实词可不容易　语言学

爱好

褒义词　总是站在虚构一边　实话实说

得用

口语　骂脏话　瞧这位乡党干的好事

背叛方言　背叛祠堂　背叛故乡

自命在为世界赋格一只神曲　不孝

晚餐中出去拨了个号码　密告了亲生父亲

不忠　肝胆相照的春天　领着推土机和撬

棍前来

拆除田野　推平花园　填掉水井　砍掉他

祖母的

枣树和爱情　不义　扯谎成性　大旗总是

插在

撒旦一边　不善　传说中的魔鬼判官　唯

一正确的

校长对一切都打××　××××××××××

人家只是种了一棵苹果树　人家只是在鸡

蛋上面

"放一点盐"叉　呵　那个早晨天上挂
着太阳

他耀武扬威　倒下的都是血亲　同庚　袍泽
老乡

俺是你叔叔啊　怎么可以下手　就因为不读
圣经

为他祈福的师父　倒在小教堂的台阶下　笑
吟吟

呵　天使的妹妹　贝阿特丽齐　强颜欢笑
阳奉

阴违　吞吞吐吐　秃顶的美女　一辈子怕着他
从未贡献一个子儿的土地增值税
他制造的是灰尘　废墟　窟窿　漏斗和沙漠
怎么　这孽种也要推进来　与我们这些
悬浮颗粒物一道　飘向天幕　秋天深了
有点　阴沉沉的　地狱部门怎么容纳得下贵姓
的吨位　老鬼但丁在太平门后面晃着
钥匙　悻悻地说　入炉前个个都从容不迫
蒙起了脸　一具跟着一具　都是柴
焚烧的时间也差不多　"耐心点吧　至少
烧半个时辰"　（管火候的交代）　悲伤

都是咸的　谁能分辨我们眼中　在为谁
流着长江　"看哪　那卖我之人的手
就在我的桌上"　只有死亡能摆平暴戾
与温柔　摆平　背叛与坚贞　神马都埋下
什么都烟消云散　哦　忘川滚滚　逝者如斯
伟大的后土　永恒的土地簿
野茫茫　天苍苍
没有作者

2012 年

昭宗水库

—— 向 R.S 托马斯致敬

也许我并没有拿着锄头

只是提着钓鱼竿走向这个水库

甚至也不拿　只是一次次甩着手走到它旁边

我的影子在幽暗的水面漂着　变成了我自己
的妖怪

小时候去过　青年时代去　中年去　晚年还
将去

就像 R.S 托马斯　那个追求真理的教堂
诗人

认识他太晚　翻译误事　他们总是从表面翻起

有时候我穿上游泳裤衩又脱掉　只是下着决心

总有一天要下海　但现在不　我还想与底保
持距离

噢　折腾一生　灰尘扑扑　我们是否还有归
乡的晚年

它太深　传说每年春天都要淹死涉水者

夏天它跳上岸吃掉调皮小孩　它并非大地　池塘
一个水库　是谁挖掘的　谁设计了它的深度
或者谁的铲子　像建造伟大的游泳池那样
事先捣腾过糊透的锅底　拆迁了蛇穴和鼠窝
但以后　就像播过种的田野　一切失去控制
水利事业在一次次深刻的扎根中漏光了
也许当我们熟睡时　它被最高当局带走
去往万物的营地报到　标尺失踪
此物不再是我们防备旱灾的工具　只能说它
这么深　那么深　深邃如那些活着的死者
如它栖身的山岗　就像他的诗篇
那些小岛上的威尔士方言
被谣言流布得深不可测
仿佛匿名者所为

注：昭宗水库，在昆明西面的山上。我们少年
时代游泳的地方，每年都有人被淹死。
　　当局最近封闭了这个水库，因为害怕担负淹死
人的责任。

2013 年 7 月 6 日星期六

核桃元首

我不属于统治阶级或某种控制系统　也不属于

谣传中的黑势力　仅在午后　小睡　醒来

想吃上几个秋天上市的铁核桃　钢铁集团赋予我

强权　超级市场买来这把权柄　核桃钳有着

与战车履带同样的碳素结构和锥齿　握住它

即刻拥有一只铁腕　寒光四射　登基　我是核桃国的

小元首　铺着花布的餐桌上　我的臣民那一盘子圆脸

侏儒　可以任意宰制　科学界发明的暴力很简单

阿基米德杠杆原理　以一具　无生命的V形机械　镇压

并最终制服一棵大地上的树　　代代相传的坚果　小活计

一桩　　就是绣花的手也能把握　无论对手如何铁杆　如何

铁石心肠　铁面无私　布满战壕的盾就像一位英雄

视死如归的图腾　扼住喉咙　不准它吭一声　手铐般

夹紧　咔嚓　瘪下去　碎了　开心一刻　仁已经和盘

托出　献于王孙　但并非每一回都如此顺从可口

有时它们冥顽不化　反抗　大逃亡　动用一个师的

手指头和圆木撬棍　一毫克也没能塞进牙缝全体遁入

掩体　在那些幽秘的洞穴　坑道　地下室耳蜗　肾盂

固守　暗藏在核桃木家什中的小脑沟　愚昧的脑干和

灰白质哦　我是解放者　我是来引领你们这些在押之肉

黑暗之心走向光明　成为伟大的碳水化合物磷脂

蛋白质以及不饱和脂肪酸　纯粹的脑仁　手无寸铁的

软体　拒绝像小人们那样摇唇鼓舌　仅仅通过成果表态

意为：　宁为玉碎　不为瓦全　就是面积最大的那一块也

蹦地一下　弹开去　跳楼自残了　冰清玉洁之身

宁愿粉身碎骨　自焚于垃圾桶　气急败坏到手的

全部背叛　地球仪裂开的一刻我顿感沮丧一直以为

完美之壳囚住的　只是一堆零食　寄存在免费仓库

干等着享用　总是有一小撮不仁　拒绝委身不要完美

总是有骨刺等着你的獠牙　失策的不仅是
厨具生产线
也是我们的意志　一定有某种秘密的脑脊
液滋润着
世界的瑞脑　装甲车无从施展　铁蹄在生锈
我气急败坏　癔症复发　疯狂地寻找那把
失踪多年的
斧头　这个下午微不足道　屋内光芒渐暗
像昨天

2012 年 11 月 7 日星期三

看　海

出城才能看到大海

越过公路　爬上黑色的悬崖

最后一排栏杆消失后　世界停电

大海涌出来　那瞬间我们张口结舌

被击中　后退了数步

波涛在苍天底下四处泛滥

只有它滔滔不绝的份

语言像原始人那样失踪了

消除一切分析　小心眼终于彼此沟通

敬畏　肃穆　恐惧　自卑　感动着

躺在蔚蓝色天鹅绒的巨榻上

头发卷曲　白色的浪花就要挣脱鱼群飞去

那位垂死的老教皇　总是在教导着自由

大海作为一个教条总是自己粉碎又复原

并不是苟延残喘

永恒的老成　不朽的深邃

开始就是沧桑

太阳按时落去　风起自别的星球

夜晚在白天之后来临

我们和渔夫们一样担忧着怎么回去

海留在原地　虚无中喷出黑暗的水流

波浪用来背叛大海的小花样全部用竭了

重新被水收编　在无名的意志下团结成

滔滔帝国　沉重而雄壮的军团

毫无仁慈地扑向大陆

与它的冷酷比起来　奥斯威辛也是抒情的

也不会考虑我们中间有一位诗人

一位教员　而另一位的父亲在昆士兰卖报

纸和水果

善良清白循规蹈矩的一生　他忠于大海

前面是白色的嘴唇

后面是盲目的水手在推动

无数的腿向后绷直踮起脚尖飞快地翻滚

那低沉而愚昧的碰击声听上去

像是拍中了胖子巨大的腹

岩石的性质并非坚硬

当它作为平庸的物质集结成一个

混沌的岸　而不是鹤立鸡群的雕塑

那些瘦子全部粉身碎骨

其它的退回去　再次集结

涌向大地母亲的一切

都是在归顺没有边界的仓库

在这永不休止的较量中

肥沃是最后的结果

但我们必须死去　我们也不会失败

另一代人　也要关闭工厂和银行

关闭钢琴和交响乐队

面对大海　良久地沉默

有人在海浪的高山下惊叫

库克船长　微不足道的历史

退却的时候空虚随即来临

大海只是流泪

从未有过惊涛拍岸的一幕

那些贝壳像是月亮的骨头

破镜重圆的是水

月光即使附着于海水也是干燥的

假象就是真实

一道光芒在南方的额头掠过

众星排列于上

伟大呼之欲出

但我不会因此伟大

我的脚跟在海水中泡了很久

已经发咸

2005 年 3 月 20 日

事件：麻烦

早晨穿过草地时一再被某些东西挡住

管辖者不欢迎闯入　但不说

只是弄湿你的裤腿　刮手　扯脚

藏在牡荆中的剑差点儿戳着眼珠

几乎滑到　寸步难行令人犹豫

离池塘还有一段路呢　对付不了这多麻烦

妥协　改走一条宽敞些的　有人先到了

站在齐腰深的水里　穿着橡胶裤子

抬着竿　一根线扯得紧绷绷地

湖水脸色青紫　瑟瑟发抖　它藏着什么

——这儿都是鳟鱼　这是另一个麻烦

意味着谁的餐桌更宽　好吧

再来试试运气　总不会都上他的套

再次　将鱼线抛向那个古老的谜团

红漂子被无声的唱片运转着　这种语言

真是笨拙　色情贫乏的勾引家　企图用

死饵　引诱一张不通世事的小嘴　歌唱

它咬住的话　我们就毫不留情起竿

是不是行刑队　历史上有过更体面的

谋杀　此举只是从水里挑出几根刺

灵光一闪的小忏悔　令人心烦

常常被深居简出者捉弄　上钩啦　心跳

以为这回逮住了最大的　志在必得的起重机

瞬间被大地的吨位摧毁　钩子断了　线断了

一切都断了　令人郁闷　开始下一个希望真

费劲

要重新做局　拴钩　上诱饵　学着那些老

练的

骗子　世上有那么多钩　那么多网　那么多

笼子

上帝的鱼一条也没少　只是将正派人的良心

再次磨损　隔壁那位又缴获一条　眼红　心悸

仇视　卑鄙地朝得逞者的领土靠　谁也不

承认

在这宁静的野外超凡脱俗　很难　小心眼

永远

左右我们　再次一扯　鳟鱼来了——有个

活蹦乱跳的在挣扎　突然失联　从有到无

只是一刹那　多么吝啬　那根线像早泄的烟
在灰色的屋顶浮着　作案者是谁　一次次
解脱倒挂刺的是怎样的手　谁也没见过
在你失败时　风景总是那么秀丽　那么朴实
罪行未遂的一日　空手而归　在暮色中回到公路
鞋子倒是没有再次被露水弄湿　鱼线缠作一团
得在以后的时间中将这些麻烦解开

2015 年 4 月 28 日

鳄　梦

它爬过夜晚的岸来到我梦中

停在我的沼泽地带　即将绞碎我的深渊

不知道这只长尾的坦克是怎么开进来的

写生容易　描述一个梦就得扯谎

黑夜漫长　我得慢慢对付　修改　涂抹

我驯服过那么多野心勃勃的诗　用写字
的手

我取下它昏昏欲睡的履带　换上拖鞋

既然闯入我的封地　魔头　你就要学习
退却

你的笨重会轻灵　你的确定会混沌

你的脚印会荒凉　你的楷书会长出甲骨

吐掉你腹中的推土机　飞翔吧　鳄

我在午夜三点　掰开了黑暗之喉

别来那一套　什么语词抵达处　意义溜走

我已经捉住了这无常的实体　长的　圆的

坚硬的　癫的　就像那些掌握了魔术的拆
迁者
原始的苦瓜壳下面　藏着一堆撬棍
它竟然悲伤　谁的眼泪
我已经掐住那根证据确凿的脊椎——
打开你的蛋　让你的白垩纪走出来投诚
交代吧　你的龙是谁　我看见它的舌头长
出蹼
从思想的这一侧去往那一侧　缓缓地　恋恋
不舍
从残暴回到善良　从自大回到谦卑　黎明时
我束手无措
窗帘上闪烁着白昼之光　邻居的车子在发动
工地上灰尘滚滚　盐在尖叫
我不知道如何将我塑造的这个生物放回现实

2015 年 3 月 17 日

258

测量

不知几万里也

这是您的大地

20 米 ×48 米

占地 960 平米

这是您的小区

23 米 ×51 米

占地 117.3 平米

这是您的套间

6.5 米 ×4.2 米

占地 27.3 平米

这是您的客厅

5.6 米 ×3.4 米

占地 19 平米

这是您的卧室

2.1 米 ×1.8 米

占地 3.8 平米

测量员以为还可以退一步

结果撞到了墙壁

这是您的厨房

6 米 ×1.1 米

占地 1.76 平米

这是您的卫生间

4 米 ×1.8 米

占地 2.8 平米

这是您的床位

6 米 ×0.5 米 ×2

占地 1.6 平米

这是太太和您

本人

2 ×0.3 米

占地 0.06 平米

先生，这是……测量员停顿了一下

您的盒子。

18

早上　刷牙的时候

牙床发现　自来水已不再冰凉

水温恰到好处

可以直接用它漱口

心情愉快　一句老话脱口而出

"春天来了"

100

阳光在下午

穿过家具　进入房间的深处

照亮了橱柜里的碗和盘子

照亮了煤气炉上的盐巴瓶和胡椒

照亮了桌面底下的方榫头

阳光重新布置了什物间的光谱

在黑色的一闪中

我忽然发现了那把失踪已久的

银调羹

149

星期六献给一位厨房中的女巫
她在火光中烹调着一只宣威火腿
她目光如帜　心灵高尚
火腿　从盐巴中退出来
轻灵地打开关节
开始优美地走动

117

我总是想抵达皮带的第七个扣
在第七扣　我的腰围
才符合公有制的标准
但在第九扣我最舒适　最放松
像河马　像漫过河马的洪水
但一生我都在为第七扣斗争
像阴谋　像肚皮后面
永不溃败的阴谋

36

无产者在星期日的大街上走
他的眼睛不是坚定地看着前方
而是犹豫不决地经常垂向地面
他想发现一个他决不会弯腰捡起来的
皮夹

66

有些东西被搁在黑暗的最高一层
和圣经的精装本放在一起
在一米七五的身高中
我像野心勃勃的马匹那样
服用各种毒草
等待着
再长出毒瘤般的一节

52

黑暗将至的动物园

蝙蝠在尖叫

我遇见老妇人

站在一排铁栏杆前

望着已经漆黑一团的狼笼

她转过头来的时候

我发现　她有一张

涂着脂粉的　狼脸

她用普通话对我说

下班了　同志

76

中心四散　旧时代威权作废

混乱的大厅　聚光灯下尽是蛾子

等级颠倒　诗人在黑暗中

叨陪末座

上帝离休　神生活在别处

秩序有待恢复　混沌有待澄明

掌灯者唯有　诗人

太阳高高在上　辉煌是它的状语

大地在下边　孕育万物

深刻　指的是泥巴的内容

劳动者是人的唯一名称　演员一词

指的是把农场说成玫瑰园的那号人

但在死亡的快餐店中已没有盒饭

诗人啊　你的尺度　得从测量土地开始

554

夏天的草地

丰满　茂密　肥沃

等着我去踩它

约定俗成　谁都可以踩

赤脚却是一件麻烦的事

得经过父亲和校长批准

但我会脱掉这肮脏的皮鞋

从止步　迟疑　试探　逃跑

到坚定不移　不想弄痛你呀

我的原野

598

它被抛弃在废墟里

皮肤发灰　牙齿浑浊

我路过废墟时发现这只玩具大象

被谁家的小孩扔了

继续着大象的应有之义

笨重的　丑陋的　缓慢的

也是可以玩于股掌之间的

599

在公共汽车站找个椅子坐下

骄阳压境时　这位置正好是一片阴影
凉爽于公众　不记得我曾预订

617

被包装在一种伪善的设计里
印着金边　商标用了罗马字母
狡猾地隐喻　这不仅是巧克力
还是一枚徽章　上帝的信物
撕去这层便宜的纸　取出小零食
毫不怜惜地咬碎　我是虔诚的
巧克力信徒

618

掉在人行道上　令我驻足
哪儿来的　这鸟羽
天空灰色的别针
这是我们吐痰　弃物　迷路

越走越远　越陷越深的地方
就像一次完美的作弊

619

离开正道转入公园的灌木丛
一丛野蔷薇后面有片荒滩
原始地　从未被园丁整理过
阴森森　谁抛进来一个酒瓶
这空隙仅我与它来自文明
商标早被雨水撕掉
玻璃在暮色中闪着幽光
我来小解　姓名也是毫无用处
草草了事　担心着被命名者窥见
它倒镇定　像某个尚未醒来的酒鬼
横躺着　等着再次被灌满